百年新诗百部典藏／马启代 主编

伊维尔教堂的落雪

潘红莉　著

江苏凤凰美术出版社
全国百佳图书出版单位

图书在版编目（CIP）数据

　　伊维尔教堂的落雪 / 潘红莉著 . -- 南京 ： 江苏凤凰美术出版社，2018.10
　　（百年新诗百部典藏 / 马启代主编）
　　ISBN 978-7-5580-5118-0

　　Ⅰ．①伊… Ⅱ．①潘… Ⅲ．①诗集－中国－当代 Ⅳ．① I227

　　中国版本图书馆 CIP 数据核字（2018）第 198345 号

责任编辑　曹昌虹
装帧设计　小马工作室
责任监印　唐　虎

书　　名	伊维尔教堂的落雪
著　　者	潘红莉
出版发行	江苏凤凰美术出版社（南京市中央路 165 号　邮编：210009 北京凤凰千高原文化传播有限公司
出版社网址	http://www.jsmscbs.com.cn
印　　刷	河北飞鸿印刷有限责任公司
开　　本	710mm×1000mm　1/16
印　　张	10
版　　次	2020 年 4 月第 1 版　2020 年 4 月第 1 次印刷
标准书号	ISBN 978-7-5580-5118-0
定　　价	28.00 元

营销部电话　010-64215835-801
江苏凤凰美术出版社图书凡印装错误可向承印厂调换　电话：010-64215835-801

总序

转眼新诗已百年

马启代

　　早在 20 世纪的最后几年，大家已在议论新诗百年的事情，近年来，"新诗百年"的话题和各类活动甚至与社会商业活动携手并肩、大有超越诗歌本身的勃兴之势。事实上，看似在热闹中诞生的新诗，其本性与喧嚣并无基因上的联系。艺术与人类历史一样，有着表面风风火火的一面，也有着沉潜低回的另一条趋线。作为伴随新文学诞生的一个新兴文体，它呱呱坠地的时代的确可以用狂飙突进来标示，故我虽一向把社会"思潮"与"诗潮"的相伴相随作为认识百年新诗的一个重要视角，但我并不认同仅仅把波涛浪峰上的那些弄潮者看作新诗百年的代表，也就是说那些以潮流和流派及其风云人物为特征的历史叙事所构成的只是一个粗线条的描述，正是"思潮"与"诗潮"的历史共振，加上民族危难和社会动荡所造成的探索中断和精神异化，新诗所欠下的旧账一再被后来者忽略或轻视，仿佛一个亢奋的战士，冲锋中丢弃了装备，几番沉浮，在这个百年的节点，正是反思得失、检视成败的契机。当然，作为在争论甚至反对声中活得多数时候都青春四射的新诗，对质疑和批评的回应与对自身缺憾和弊端的正视从来都是一体两面需要痛加剖析、修正的问题。

　　我想略通"近代史"的人都会理解，产生于春秋战国以来极少出现的思想自由争鸣时期的新文学，结出新诗这个果实，既是必然，也显得匆忙。我们至今对它的称谓还有争议，如白话诗、自由诗、新诗、朦胧诗、现代诗、汉语新诗、新汉诗等，各有历史定位和美学指向，但莫衷一是，互不认同。此外，关于新诗诞生的历史成因、艺术脉络也各执一词，互有个见。我曾在《新汉诗十三题》中说过，它的源头不是旧诗，它与古诗、律诗、词、曲的代终体换不同，新诗直接来源于外国诗，不是一般的启示与借用，但新诗最终应是民族文化求新求变的产物皆赖于外来文化的刺激复活以及几代学人承前启后的不懈挽救。借此界定新诗的生日——假如非要有一个最大认同公约数的时间，我想，既不是胡适在《尝试集》中几首诗后面标注的 1916 年，也不是《新青年》2 卷 6 号刊发胡适《白话诗八首》的 1917 年，而应是《新青年》4 卷 1 号刊登胡适、沈尹默、刘半农九首诗的 1918 年 1 月。显然，作为《白话文学史》作者的胡适，深知"白话诗"与"新诗"在观念、精神和美学追求上的不同。他在 1917 年 1 月发表在《新青年》上的《文学改良刍议》被认为脱胎于美国女诗人洛威尔的《意象派宣言》，而意象派运动其主要旨趣在于解放英语诗歌的形式和语言，尽管他的代表人物庞德据说受益于中国古典诗歌的翻译。

但毋庸置疑的是，新诗承续了发端于 18 世纪以来世界范围内的诗歌自由化趋向，其背后蕴藏的历史人文内涵和深刻的人类精神走向乃潮流和大势。百年来，世界和中国都发生了许多亘古未有的大变化，人类在苦难和荣光中创造的无数诗篇，成为记录人类心灵和精神变化的珍品。尽管至今尚有人对新诗做出实验失败的定论，近年旧体诗创作日隆，也大有复兴的气象，但无须争辩的事实是：首先，新诗是个伟大而粗糙的发明（沈奇语），它无愧于百年风雨沧桑的砥砺磨洗（张清华语），你即便说它不成功，但也不能无视它有成就（桑恒昌语），穿越百年的时光隧道，战争、天灾、人祸以及正常或不正常的生存考验，新诗已经成为现代人重要的灵魂洗礼和精神救赎的载体。熊辉教授在《纪念新诗百年》中认为百年新诗的发展，最大的成功是确立了自身的文体优势。分行排列的自由书写成为承载现代人情感和思想的有效形式，而吕进教授把新诗看作"内视点"文学的主张，为现代新诗内在形式的确立提供了理论依据。其次，新诗采用大量口语和白话进行书面转化，使古老的汉语焕发出新的生机，重新把优雅与深邃找回，其在唤醒和复活民族灵性上体现出无可替代的前景。最后，我认为新诗与社会思潮与生俱来的根性联系，使其始终勃发着一颗求新求变的魂魄，百年来，它对于中国人精神的塑造居功至伟。

当然，一个百年的文体也许还处于未完成时，尽管许多文学史、诗歌史已翻来覆去根据不同时期的政治需要和个人诉求做过这样那样的修订甚至重写，事实上，所谓百年我们也不妨做模糊的理解，百年新诗也许尚未走出自己的青春期，业已形成的传统还显单薄，无论是文本本身还是理论批评范畴都面临着很多需要解决的问题。新诗不是"作诗如作文，作诗如说话"（胡适语）那样简单，断然不能把一种精神倡导理解为实践指南，正如不能把"下半身写作"理解为"写下半身"，把"口语写作"理解为"口水写作"。尽管民歌民谣给了自由化写作最初的滋养和激发，成就了彭斯和华兹华斯等不朽的歌唱，但新诗随着现代思想的传播，不适合进化论的艺术需要坚守和弘扬的恰恰是最初的和最原始的人的精神和梦想，最本真、最本质的感动。新诗突破了古典诗歌"触景生情"和"睹物思人"的套路，注入了"以思触诗、以诗触思"的感悟和体验，形成了"缘情言志寓思"的现代模式，这些皆赖于中西文化交汇中英美的浪漫主义和法德的现代主义诸流派的深度浸润。但一个文体既有它自我革新和不断蜕变的免疫能力，也有自我阉割的自杀倾向。如今，经历多层磨砺和戕害的新诗呈现出精神伦理和艺术审美上的诸多问题，"生底颤动，灵底喊叫"（郭沫若语）极有被废话、脏话淹没的危险。我在《百年新诗的"三度"迷失》和《当下诗歌创作的"三化"警示》两文中做了解析和指认。据此而论，吕进教授提出新诗的"三个重建"和"二次革命"多年，在展望未来时的确应引起我们的深思。

时光如白驹过隙，对于天地历史而言，百年不过弹指间的一个刹那，但于人于事，一个世纪毕竟暗藏着天翻地覆。适逢新诗百岁，借此数语，聊寄祝福！

目　录

自画像的素食主义

仅有的细瘦的自行车道
一个素食主义者在风中谱曲
她多少有些自恋，她想骑单车
途经林荫道，再去布拉格

微风轻拂，沿途的紫苏
布下莫奈，高更，米勒的麦田
《红色的葡萄园》美好
却步的赞美和衰老都不准确，有
阿姆斯特丹，在素食主义面前
还有湖水的深邃，吸纳有限的时光

素食主义者的天空，灰色，其实雨没来
经年的亮色，只存在莫奈的画中
那些伟大的人物，使自行车志忑
画葵花的笔躲闪着，下坡的角度
必须不夸张
才能还原青菜的味道，平面的世纪

致敬于一些事物，像观看
大屏幕上的精彩，一次次
奥，生命多么响亮，但是，只能

归于提奥的家中
有时瓶中的水无波澜，才更通透更
有意义
高度的遥远，众多的人，才会
有普罗旺斯的回忆

2017 年 6 月 21 日

玛格丽特的天鹅

我无法完成，湖水悠长的微波
清丽的天鹅，引颈，云低垂
远处的晚霞在湖的暗处归为背景
时间的城池，云霞的哀伤

风吹动湖面，波光的赞美
一滴水的奢华，和沉默的言辞
现在，天地辽阔，江河日月
天鹅的骊歌，像日出的圣洁

水的八月，香柏依次排列
疏离湖水，岸的林带深邃
玛格丽特的天鹅，高贵的远
穿透乌云，斜雨，雾霭的岚山

2017 年 7 月 31 日

这未了的冬日

猛然的冷，并没有雪，这样更冷
这样更冷，干燥的冬天，枯枝
冷漠的挂在树上，这样更冷
像辅助时间爱上冬天的冷

是的这样更冷，雪没来，表妹的
红围巾却像白中的火焰，刺伤
我的目光，这样更冷，它用火
的鞭子抽打骨头，抽打不是冬天的末日

这样更冷，谁的鞋子踩踏干硬的地面
我听见灵魂的呻吟，在没有雪的下面
冬天的水滴，从泉中流出
敲响清晨的晨音
无形的痕
被冬日收留，这样更冷

这样更冷，囤积的粮仓
在有铁轨的远方，和饥饿相隔
音质有寒冷制约，变形的声音
这样更冷

在没有雪的冬天，输给了冷
冷，撞在无法打开的门
干涩的白艰难，雪丢失
这样更冷

2017 年 11 月 19 日

失忆的人

我像失忆的人，那么容易爱上别人
那些与我擦肩而过的人，那些
给过我温暖的人，我那么
容易爱上他们，爱上他们的不可能

旧日子
他们不是唯一的星辰，不是草原上的苹果
不是深海下的暗流，我那么容易
爱上他们，我那么容易广泛的
爱上麦子，收获麦芒的针
散落人间的，旧事的补丁

爱他们，就像他们是人世的稀缺
两条河的并行流淌，风吹过
他们就走远，许许多多的人不再回来

我那么爱他们的天地，爱这人世间的忧愁
爱在忧愁中的幽默，爱这无色的冬天
穷尽暖，穷尽口出良言

我爱他们，爱他们的善良，爱
他们永不会用冬天寒冷的刀锋

爱他们宽厚淳朴的明亮
永久地久，他们将语言分类
一些送给河水，一些送给天涯

2017 年 11 月 18 日

煎饼磨坊背面的蒙马特
——为梵·高画所感

它的背景修整于秋天
的蒙马特
梵·高的秋天，蒙马特的磨坊

蒙马特的时间，像上帝的吻合
它无须建造，素描的
鲜明黯淡，像巴黎强大的风
叠加路人的行走

向日葵疏离于画面，贝尔纳这样
回忆
磨坊的耕耘，转动的
磨盘连着黄昏的血色

就像时间的耳朵

秋天的磨坊，更着重于
农庄的三部曲
十五棵向日葵
瓶中的

水的养分，法兰西的分配

当画面，交给后来者
盛开的阳光，滴落的向日葵

2017 年 9 月 26 日

冬麦树

冬眠的物种，安睡
所有的雪肃穆，冬麦树
逃离还是挑开雪幕，天空从不回答
静的冬麦树，阿拉伯数字的冬麦树

冰河上的月亮
落在雪地上的谣曲，那些
关在门外的火焰，大雪的光

醒来的冬麦树，像编制的白色布种

矮小的雪峰吞没云端的面孔
仿佛云翳的舞蹈，移动的雪的船
咏叹调的远离，大雪波动的蓝曲
这世间的雪炎凉，穷尽雪的惩罚

在夜晚中的冬麦树，有着草图一样
的回忆，当星星挂在树梢
它们的相依短暂，清晨即将来临
银色的天际，过于时间的直白

2017 年 7 月 22 日

给立志的赋闲书

立志，这个秋天的上午，阳光
充足，我突然想起你，花瓶中
的金菊怒放，避开秋天的枝头
你已经避开人世的喧嚣
海的波涛，闲愁，密集的雨

你的天堂花园，星辰密布
百合还在，紫罗兰盛开时，你的
暖，就是春天的真相
就是高天的远，含着永不复还
的天外

你活着时，我们就躲在
时间的一角，饮低声的慢
时间的宴像缓慢化开的糖

覆盖过我们的好时光，秋天
的落叶落得那么慢
叫时间的慢，叫被分隔的散板

现在，我在落寞中，赋闲书
让你的在

重现。残酷的重现，祭奠的重现
一回头，桌上月光凄清

什么时候，大雪已经光顾窗外
满桌的雪，一片炎凉，秋天的雪

2017 年 9 月 21 日

钢琴曲

它只是从水中流过，水的音质
漫过宽大的钢琴
只是记忆的窗，午后的阳光弥漫
金色的沙，在空气中隔着
城堡和水中的天鹅

苇，苍白
寂静的，这世界流逝的精彩
喝咖啡的人，单项的行走

睡在钢琴曲中的旧人，隐退
哀悼的侧面
更像午后画中的雕像

2017 年 7 月 4 日

午后的漫咖啡

构图是在咖啡里，时间的消磨
有人不看杯中的图案，想着麦子
在铁力，今年能不能有好收成
咖啡的味道就有了麦香和苦
效果的盲道，大片的鼓动的麦田

韩式的披萨，碎牛肉
消费着牧场，那些金色的普照
简单的用量，回忆也
是金色的，大包的染料，淡化着时间

呈现飞快地闪过
好像永远不可能完成
灰蒙的线条，倏然拉长午后的光线
印象派的派送
游离是否存在，饱满的
而当我们离开，新的更替的客人
很快到来

2017 年 6 月 21 日

安德烈的小镇

匈牙利，安德烈的小镇
遥远的神圣安静
少女，蓝色的门窗
有云的影像，天空的存在

石头路，通向尖顶的教堂
上帝的石头房子和少的桌椅
玛利亚，她稍倾的头，在
虚设的阳光下，弥漫着欧洲

来吧海洋，就要从崖下拍岸
蓝色的，卷起的白的合唱
那里的静只给认领的
走过苍山云海的人

教堂的
无限
尘世之外的人

2017 年 6 月 24 日

草木之心和再见

剥离范围的草木，夏天的
柠檬和胡椒，香格里拉的赞美
草木的轻和青，空山幽谷
这里没有马丁的花园，只有一扇门

再见的花园，折叠着房屋，和草分离
青山大于水的声音，有空，禅性的
事实。法兰蒂的源泉只来源于这里
宽度和长度仅限于停滞。再见

考究的夏天，远望绿意成荫，它存在
它将是盛景的在场，和空道背驰
事物安定，这里不存在特定的场景
只有先前的客体的到达，致敬于纷争的事物

2017 年 6 月 30 日

缄默的桌子

沉默的木质的走向
水的岸，蘑菇质地的走失
压榨的厚度，让历史开拓了缄默
犹如石头的家族

它是大的星，宇宙的概括
它是这世间的木的瓷，谨慎的
无法解释的硬度，树木的反讽
斗士的剑，深掩其中

2017 年 7 月 4 日

冷色调

余音的弱挣扎
黯的，小丑的鲜艳红唇
像哀牢山的回复，靠近海的波涛
黄色的大丽花，只成熟于表现

在窗外走过的人，雨已经归为江河
奢侈的北方的夏天，速写的色调
又迅速融进，巨大的热浪
落日在江中迟疑，并慢慢沉没

2017 年 7 月 7 日

哈尔施塔特

哈尔施塔特，湖的蓝
只需取决于一点的遥远
蓝便不再迟疑

更远的地方，蓝湖水
更大的醒
鱼，回到深处
波光中的教堂，重叠起伏
哈尔施塔特，时间的证明

2017 年 7 月 9 日

米歇尔大街的早晨

在米歇尔，早已离去的大街
人们将他的名字，留下
时光中的隽永，刻在微茫的动感里
让走过这里的人，会不会
像我一样，突然的想起你
甚至有些伤感，时光倥偬

我只是在这里走过，多少年后
烟尘散去，时光依然年轻
那张绿色的长椅，已经坐着陌生人
觅食的鸽群，它们低声的咕咕叫着
让一个异乡人，留下悠远的名字
让时间转瞬，音讯消失
那些目光的所及，已经万物皆空

2017 年 7 月 27 日

第七个信札

穿过夏天的七月，穿过
中央大街的石头道，完成七月的信札
就像提前到来的，十二月的雪

葵花的影像被放在大雪中，盛开
它使生命突然静止，冲突于迟钝
屋内的静物，无人问津的重逢
让马迭尔橱窗的放射，黯然

玫瑰，长眠在，我看不见的墓园
大雪让玫瑰，如此鲜艳
信札彬彬有礼，覆盖这个夏天
的意志，无法抵达的远

2017 年 7 月 27 日

另外一种声音

秋天在高天安置另外一种声音
青苔还有些碧绿，水边的鸟
会代替走动，曾经发酵的物质
秋风的匿名，有小的风暴，只在

水边的饮，跌宕的清潮，孤领着
胃中的米，浸泡的味道，使秋加深
另外一种人生，我说
这人世苍生，这平凡

的安置，被伊犁河洗过的深情
大雁要飞往南方
的存在，年年的，增长的风高

飞远的雁阵，山高水长
年年都有最近的距离

2017 年 9 月 21 日

这冰雪的天地

我以冰雪的名义还我以冰雪
我以灵魂的主张，让到来的冰雪更烈
大地已经白茫茫，风雪中的马车
正奔向和雪一样白的村庄

我看见了平原上，平复的伤痕
在火炉旁烈酒的高调
宣告大雪和天地没有之隔的真理
超越的鱼，跃出江面，疼痛啊

它要在死亡来临之前，把最后
的雪，献给雪，献给采纳的叙述
献给哈达，在白中寻找的白的根
大雪来了，界限的范围

大雪，故乡之忆的白银
陈旧的白散发馨香，蔓延诞生
故乡的雪和我的白发一样白
在雪中的吟唱多像逝去的时光

2017 年 6 月 28 日

松花江上的冬天

我叫她母亲时，她已经冰封万里
我站在她的记忆里时，她仍然年轻
她的冰雪银装素裹，妖娆的
将决绝的魅力，献出纯粹的逻辑

冬天的纽带，飞舞的，带着调子
突出于广延的，而指向多么辽远
只有本体论的存在，分析着弥散
松花江，飘雪时的迷茫

母亲，你真的是否存在于雪中，你的
音质，带着雪的在世，就是关于
夸张的水，用有些残音的鱼的号角
吹冬天的长调，母亲的江，冬天的雪

母亲，你的面容模糊，被风雪吹上了天堂
此时的江水被大雪做证，光芒的雪
漫天的雪，有足够的理由，给予雪的世界
凛冽的风，来时，就撞击出大雪中沧桑的区别

2017 年 6 月 28 日

云之上

当我在飞机上俯视大地，灯盏
镶嵌在，黑色的大地上
勺星，链条星，玫瑰星
它们形色单一，像水一样的永恒

让夜晚的大地更黑，星光才会根植
才会在云之上，看万物生长
闪耀的银带，像天空的遗落
省略的衔接，只有在夜晚
才会有的，复合

2014 年 10 月 24 日

有雪的故乡

大雪来时，叠加的寒冷
北方，对于冬天的忠诚
街上的人，他们将灵魂裹紧
只炫耀色彩的羽毛，向往的温暖
覆盖在冰雪之上，雪的高调
在风中旋转，夹杂着试图的摧毁

摔在面颊上的，风雪有时像刀割
但是，没有刀割的冬天，还算什么凛冽
冬天的气概，就是踩着嘎吱嘎吱的雪
和这个季节，不离不弃，也不迷失
就是看弥漫的前世，回来
山河还是山河，但烟波别样，雪天一线

冬天是用雪，擦拭天空和大地
擦拭心，酒的热度，屋顶上雪的静
它的特有的，温暖的方式，刻骨铭心
如果没有雪的故乡，如何称得上别样

2014 年 12 月 1 日

醒着的教堂和睡着的母亲

冬天的教堂绛紫色的红和尖顶
都刺痛着我，晃动的披肩和一些有暖意的围巾
那些虔诚的目光，被精神引领，大地之初的源
她的瘦小的身影不再出现，不再，永远的
她睡在那个狭小的盒子中，十二月的蝴蝶
带着好听的祷告词，雪像梨花纷纷落下
这一切的白，安静的白，像从没有过的伤口
连落下的雪都那么轻，就像我的语言
哀伤停在教堂的上空，停顿，绝尘
十二月的低，仿佛这个世界的无

那个狭小的盒子里住着我的母亲
我途经的教堂，在十二月就不再有母亲的身影
她像一个曾经迷途的孩子，找到了家
她在十二月就带着光彩，重回最初的宁静

2015 年 1 月 21 日

为母亲的挽歌

我的方向一直错位，哪一个方向都空茫
平安夜，圣诞的红布袋，麋鹿的马车
星光密布夜空，教堂的钟声在午夜敲响
五彩的糖果飘，夜色消失，你也消失

那条路归结为你我，柔软的躲在异乡之邦
我把声音放在石头的下面，狠狠地压住
用谎言切割我和你的距离，看得见的空
我无能为力地看着你走远，这一生
就此切断回来的路，母亲，春天来了
这气候的温暖让我心生疑虑
我独享的春天难以被我领取
菊花就先凋零，我迂回徘徊的脚步
一次次的探访你昨天留下的浮盈

2015 年 1 月 4 日

晚点列车

车窗外的寒霜，像大面积的闪电
枯萎的秸秆成垛状，跳出大地的平叙
乌鸦的巢在树上，瞬间就成为过去和远方
孤寂的坟冢，好像远离时间之外

深陷的盲，在紫色的暗影中，浮动
二月的光，在车窗外，擦亮浮尘和事物
在这时我只是收留了水，水中的时间
在一个清晨，落在既定的时间之后，奔赴他乡

2015 年 2 月 24 日

清明辞

我无法进入这时日，但是它扑面而来
母亲和哥的路，是一个方向，或者不是
他们之间的默许，被熄灭的蜡烛
和这个世间已不匹配。拥挤的人群
制定着距离，形成自由以外的泥泞
而他们，不再需要，以任何形式的
流程。在清明，黄色的菊花，放在很
凉的地方，这些年，眼泪好像也多余了
偶数奇数的罗列。在这以外的天梦山
多么安静，安静的，就像世界的初始

母亲和哥无非也在吧，轻薄的雾像
空体的思想，他们就那么清晰地存
在，一阵阵地撞痛。在这时就想那
山的寂静多好，好得，对这个尘世
的浮生大躁，没有任何牵挂，他们就
拂袖而去，那么决绝地，在清明时也
无声息，也永不再来尘世，叩响家的门

2015 年 5 月 2 日

亲爱的马陵山

我来时五月的花开丰盈，漫山的青绿
蔓延，马陵山，归属大地的阳光和水
飞鸟和湖畔的蛙鸣
让我重拾内心的柔软，爱，安
静和素雅，倾听香樟和竹林的清音

马陵山，我的信步是多余的，一
点声音，都会亵渎这里的寂静，融汇
的光芒，氤氲，生命原来如此润泽
在马陵山矮下去，矮到
大地倒伏，世间的光阴从来没有长度

亲爱的马陵山，亲爱的温暖今生的阔
奢侈到无的交涉
打开的心灵之门真实，想要的明晰或是
来去，抵达的生命之初
这里没有顷刻， 当五月在这里
盛产植被，五花岭，苹果花
纷飞着落下，樱桃树下就打马走过
远去的墨客，留下诗文，乐章
今日的江山，一些奇异的辞

亲爱的马陵山，再见的马陵山，传递密语
的马陵山，湖畔蔷薇
正盛开的马陵山，我回家的路在密林
奇妙生长的马陵山，将我送远的马陵山

2015 年 5 月 19 日

马陵山驿站

这一站也是驿站吧，春天的路上
这也是途经吗，尽管绿豆的烧和骆马湖
我想象的野鸭，它
的羽毛闪着多样的光泽，将暗绿
的蛋扔下，醉香一个早晨的好时光

没有挺拔的山峰，才会独辟蹊径，才会
喊声音的静，大得像
命运深处的根，那么远，这静
会不会伤害我，行将启程的路程
我若取舍这里的春天，我下一段行程
必将像走散的羔羊，哎哎地怀念，它
要试探我，试探
我再到哪里，才能找寻这样的春天

2015 年 5 月 24 日

河水与六月的交流

它离我的家那么近，这条布满野性的河
水中的云，让河水那么忠实于天空，云
做主，马就要在绵状的大地奔跑，在河水
的疆场上，马的鬃毛飞扬

岸边细小的虫鸣，野刺玫盛开
低飞的雨燕，雨的语言别样，让
河畔的丛林，在雨中摇动着坚挺
推开世界的修养

远处的横道河，汤旺河，多敏河
它们像画面，或者不是，缓慢地流过
我的内心，被更高远的天空，接纳
我的高山仰止的改变
在这个万籁俱寂的上午，那么缓慢
给大地六月的善意，给大地久远的爱情

2015 年 6 月 13 号

在丹顶鹤的故乡

我称这里为故乡

我无意将它放大
它就辽阔高远，将寂静
无限的铺展。如茵的草地上
云低垂像白色的花，衔在
丹顶鹤的唇边
它漫步，婀娜的孤独和高傲
像蓝天下的天使
无视这个世界上的纷杂
即使她旋转的舞姿，闪烁头冠
上的朱红，世界这么大，这里
的草原这么大，在这个世界上
还有什么存在，天空和大地
没有丝毫的辩解，而丹顶鹤
的淡定，像一位少女
像天和地之间的，王

2015 年 5 月 14 日

喇叭沟门的风情

喇叭沟门，想象的金属的质地
向高空的扩散，门大开，一地喜庆
裹挟胭脂，金黄成乡村的小调

喇叭沟门，惊奇和寂静
绿大，青草的清香，今生的高音
天籁的静。山与白桦，那一年
落下的眼睛，白桦林
山涧，烂漫的杜鹃花，它们
在鸟鸣中，滑过树梢，蓝天

迷人的，阳光穿过叶片
像前生的根，回来的家

我知道，想念会被那些钢筋
硌痛，风向下吹，有马兰花的蔓延
诚恳的尊重，已经超越于大风
只因存在，只因山的骨骼

2015 年 8 月 7 日

土楼王

永定城堡的
天空，圆形的世界知己
张望过有弧度的天空
或者玫瑰和红椒

这盛大的圆和园，托举着蓝的天空
幻想，坦白，一次次送走涌动的云
阳光，它们收纳异客，收纳
悠远和留下的未知，庭院内有久远的
时光中的气息

现在，我的面容也将在这里
被时间的巨大吞噬，圆的
旋转的速度依旧，世界的泰然
我走过这里，被光阴覆盖，圆的物语

2015 年 9 月 21 日

湖坑镇的土楼公主

一百年的胭脂红，仍在窗扉，南溪镇
的河水，绕过翠绿的稻田
八角花触觉的含蓄
公主的抽屉，早已锁过岁月，大写

的旷世情缘，留给骨头的回声
辞漫长得，让圆修正天空

时间的历险　让这里众多的窗口
繁荣，女儿红
浇筑着土的圆，让世间往复
我来时历史并不疲惫，公主的声音

呼唤着王子，更接近于宇宙
公主的楼安静空旷，像十月的秋风
南溪镇，故居依旧天地，黄花遍野
土楼一百年，一百年的烟尘，致留下的事物

2015 年 9 月 21 日

午间兆麟公园的水流和鸭群

水流是静止的，鸭群和鸳鸯聚集在
水中
它们嘎嘎叫着，水就波动着旋纹
高山和时光，刚刚打开

阳光下的水有些绿了，绿得可以
叫秋水，绿得世界那么小
那么容易破碎。冰冷的身体
开始互访阳光，如果所有的距离
都在这个中午聚集，天堂的，远方的
幽在心里不能化解的这小小的
水域的静

在水中穿行的午间，代表着时间之阔
无言之旅，有塞纳湖，伊犁河的
深邃，涌动的波涛

那水已经有些绿了，真的有些绿了
这个秋天的金黄，已经鬼魅的呈现
水边一位新娘的婚纱，压在金色的落叶上
这交替的生成，恍若时光中的生和死

2015 年 9 月 29 日

我的北方和冬天的酒

我的北方和烈酒是相悖的兄弟
当窗外的大雪纷飞，雪的呼号肆虐
被温上的酒像烈焰
在体内燃烧，北方的汉子和烈酒
铸就的冬天，让关山的朗月更明
让大雪的冬天更鲜明

酒的琼浆就是北方的壮举
践行，拿酒来拿酒来，兄弟
雪的路苍茫
在酒的温度中，马蹄声已经渐行渐远

兄弟，你和我一样爱这琼浆玉液
爱人，你和我一样爱这一万年
的醇香，端起的酒杯有别离
风雪中的站台
山高路远的，雪的延伸
大雪中那一年的来或远行

2015 年 10 月 11 日

旧时光

那敲打的声音像岁月的流痕
气息，贝尔纳的黄昏
旧日子
就送给绝不是谎言的靠近

我是说楚天还会出现，旧日子的
寂寥无限
大地啊，那些高驻的美
创造的阅读速度
减慢的苍凉的根部，时光中的旧通融
玫瑰已经高不可攀，骑士的盔甲卸下

2015 年 10 月 14 日

慕士塔格西路

南疆的慕士塔格西路的故乡医院
让我想起遥远的人，亲爱的新疆
米兰的餐厅，浇着肉汁的面
有游动于梦幻的高音，异乡的
他们的面孔生动，新鲜，有新疆之歌
搅动我的胃肠，我的，有阳光的新故乡

慕士塔格西路，南疆的照耀之光
就像现在，绕过千山万水也会想起
异乡人目光的清澈，遥远的
再也无法到达的，距离的哀

2015 年 10 月 22 日

夏　天

被冷风吹拂的叶子，摇摆着
更强的风，代替冷吹来
这个夏天，像反讽的铁
敲击草，甚至倾倒的根部

教养的本源，善意的暖
人世的良心，让咸涩的水
浇灌一粒米，看不见的尘埃
还要怎样小，才能让高粱红遍大地

2017 年 7 月 12 日

风吹沙

谁是东风呢，谁是沙
我已经辨不清是风还是沙
打在我脸上的肯定是风
肯定是沙，呼啸的风裹着沙

每一下都留下印记
每一下都混同于亡灵
陌生的沙和陌生的风
曾经来过，来过的陌生

2017 年 7 月 12 日

山的羽翼

沿着，青石山的台阶上行
高大的丛林纵生
这绿衣，丰厚的森林
翅膀，可以飞翔的山

硕大的羽翼，覆盖着青石山
坐落在这里的山，有
桃园的安逸
冬青，悬铃木，黑荆树

这里有互感的养分，天空的
遗忘，鸟鸣之外的
露水滴落，游离的星躲藏
恬静来临时，山的羽翼放下

暮色，这空的寂静啊
静的，高

2017 年 7 月 13 日

维度和女儿书

这个夏天，还有剩余的部分
微风吹田园，也吹动江上的波浪
你有限的时间，移动于粉色
像花开的一种，小憩家中

仅有的时间，有些吝啬
你用病，赠送一个母亲的心
像一枝花的头，低垂
孩子的花蕊，散落的

女儿，好起来就是生动
就是夏日莲驾的晴空
好了，好了，疼爱的手安抚
只有你可以扶正这个倾斜的夏天

2017 年 7 月 21 日

微风的山谷

崖边，微小的金色花朵
自由的，让惊艳的风
搅动高处的浮动，世纪的点化
山谷存在着幻想，超然的自由

风的牧，井然，山谷的空
假如万物，像一只散在的星辰
山谷的岸，会不会是奔流的水
清脆的鸟鸣，会不会是心底的泉

这里的阔达，代替
大音的无，看不见的无限

2017 年 7 月 22 日

朱仙镇

大地开始进入冬眠的，朱仙镇
叫月亮湖的湖，拘谨的小，安静

拱桥，石头的暗语，历史
的秘密通道，在高处的对话
几千年的，风雨，云卷云舒
千年的痴迷和，消亡

现在，水路打着锦缎，流光
溢彩，船舶飞扬，时间永恒
行走的人，岁月像悠远的海水
不动，走过的人，就灰飞烟灭

遥远的战国，始于农耕的战国
鼓乐齐鸣的战国，烟尘中看经
年大雪的战国，流水英魂的战国
只是弹指间的战国，现在叫，朱仙镇

2015 年 11 月 10 日

飞舞的灵魂

从旧年的骨头开始，幸福，河水
中的鱼，午后的禅语，飞的，在
紫荆的波光里，时光的灵魂，荡漾的
昌盛的肥沃，像江山，永远的无痕

2015 年 11 月 10 日

月亮湖

被湖水洗过的，十二月的大雪，明亮的
湖，雪的颂歌，盛装
整个天空，世界寂静
音乐的水生成于月亮湖

2015 年 11 月 10 日

雪　时间的悯唱

现在天空已经微黑，在有雪的工厂街
多年前，那些灰色的矮的楼房已经不见
楼房中有些我熟知的人，时间将他们驱散
一些面孔关闭了呼吸，在路途
不会再有偶遇的惊喜

这时的大雪让寒霜挂窗　忍冬开在
屋内，像雪中的吊唁，大地像一张
惨白的脸，冬天的幡
有雪关照

工厂街省略了一些人的名字
就像我刚刚走过无声的
雪，有林带的路口，正受邀于明年的
春天，可是那好像很遥远
你们和你们，谁会止于雪返回到现实

其实工厂街的灯火，在今夜那么绚烂
而我却以雪为明焰，在
雪中游牧，地中海的海浪也是白的
和今夜的白毫无区别
轻易地就掩盖了故去，只有远山的雪在

今夜构成北纬和神秘的
群山，遥远的，闪着银色的光芒

2015 年 12 月 22 日

赞美雪

雪所给予的彻底对比，在温度之上
你必须赶在它之前，就恢复听力
十二月的灵魂静雅，大量的辞推动雪的
絮语，我敬仰雪的征服，烈性的变幻的
较量。赞美雪
它用先知的沉默和慢，消失

低头大地多么像天空，云朵主张平复
雪就是不厌其烦的高度
有点惊恐的消费，在果戈里大街完成它
肌肤的转变，教堂正在
吟诵中，雪的纯净，和即将到来的
春天的决断

阿尔卑斯山脉的风度，统领着无形，完成
的信笺借助雪，借助理解的最后时刻
交出雪和命运背后的冷峻
春天的伤口，以及防线

赞美雪，解开枷锁，一些倏然的牢固

2015 年 12 月 29 日

听大提琴演奏《殇》

你把命运放低，杜普蕾，爱情那么沉重
守望的至死不渝，哀伤

天空有些明亮了，在灰蒙蒙的挽歌中
天堂的火焰黯淡，水滴穿透月光
你好像在来时的路上，金色的落叶
落后于你，雾气和光的影子
排列在密林中，安静的，只剩下空气
短暂的托付，像死亡后的密语

2016 年 1 月 4 日

一　月

冬天的窗外漫白，鸟飞过雪原
一月啊有最刺痛的冷，掉光树叶的枝干
在案头，几枚稀缺的贺卡
莎莉的小提琴曲在空间回旋

有时就是这样，雪从来不纠结不缠绵
但是越冬的紫藤，翻卷出河流的远
我还会想起伊犁河畔的蒿草，低头
顺着河水走的羔羊，像极了米勒的画面

2016 年 1 月 17 日

火焰的味道

这些年，只看见格林巴斯似的红
走在森林里
但是，这味道刺痛了我的骨头
冬天漫长，尽管灰烬
像极了垂吊，在一月的寒冷中
交换大雪，雪中的火焰
红色的
屋顶，辨别的，红色的渊

2016 年 2 月 1 日

空　想

幽静的湖，在空想中成立，就会被
咸涩的水丢弃，建造
清晨的森林，不会残喘的呼吸
草的不谙世事，秋天的死亡

山涧水只是冲破悬念，让昨夜的
飞鸟回头，平复伤逝闪过林海的，无语

2016 年 2 月 1 日

飞机在云之上

福州的目的地还远，机翼搅动着云，像南极
一样的海象，卧在冰山下
白色的雪狮，它要在冰上注入
血性的辞
而浓云的棕马，不停留
要奔向世纪之初的草原，惊愕的
它们向意识绽放，自然的浮夸

世界初始的源泉，无疑是最好的还原
它仅仅在机窗外，象征着玛雅时代
被破坏的规则，对哲学精确的疑问

它本该存在于我的心，而不是目光中
而现在，是天空竞相的发明
雄浑的冰川时代

巨大的氛围，我不是一个胜利者
甚至在惊讶中
有些沮丧。我称之为宏观的历险，正
被滑翔的翅膀逐渐冲刷，游历删减

2016 年 2 月 1 日

我为什么会想起你

冰雪开始要融化了，天还料峭，街上
的玫瑰有些刺眼，它们为
爱而牺牲，它们是他们的表达
她们正饱含深情等待玫瑰的开放
可以称之为春天的，天气这么冷

不是偶尔的会想起，冷还像坚硬的骨骼
这个世界上的真诚
被减去半壁。春天根据什么出示暖
忽闪不定，我为什么会想起你
在雪的低音时

2016 年 2 月 15 日

近与静的铜铃山

这山峦叠翠，万花滴落在叶间的
铜铃山。壶穴的水流湍急，奇石如
峡谷放逐的天窗，高旷，万山的深
世外桃源让山涧
细小的虫鸣完成了打开

心的向往，我在那么小
小到，像我的前世，在峡谷的家园
听落入潭的湍急雷鸣
我走过万年的摩门，饮铜铃壶的水滴
显露的悬崖峭壁
奇花和深处的草
都是我天堂的恩惠

铜铃山透彻
擦拭命运，熟悉的水滴穿石
我们彼此端详，有被挪动的事物
一些人来去
他们带走铜铃山的天籁
一万年隐隐的心

2016 年 3 月 24 日

飞云江

在烟雨中流淌的飞云江
敞开词语推动时光的浩荡
这个上午
在白云尖径直而下的激流
交流母性的复活

苇尖上的梦幻
在时间中救赎碎片
我面前的险峻，迅急推开虚幻
飞云江，这世间的缅怀
深度的命名者，已经泅渡曾经的沧海

2016 年 3 月 24 日

岭南茶园

岭南的茶园那些嫩芽，被霜打伤的嫩芽
不能再恢复的茶

我眼中的茶山像有序的梯田
或者绿色的镰刀，或者天空下的翡翠
排列茂密的思想，茶尖上的伤
天蓝得耀眼

我的竹篓空着没有一叶茶
那些采茶的人，她们和他们的手像刀
他们和她们的手并不留情，给茶悲悯
那些采茶女风情万种
像大地上的娇子，命运中的光
她们熟知茶语，春天中的灵魂

蜿蜒的茶山悬浮，天空下绿色的唇
像一个含蓄端庄的女子的等待，等待
一双手
将它带走，等待水将它的清香，唤醒

整个上午，我就站在异乡的天空下
有那么多的不舍，野草莓和樱花摇曳着

远处的灌溉
就要溢满岭南的山冈
离开终究要来，空的竹篓
对操作的批判，我不会为此而失望
就留下一棵稻草的温情
对大地恩典的心

2016 年 3 月 31 日

母亲节

只有这个节日让我疼痛，我躲藏在
不能提起的话题中

写下这些文字，我就泪眼蒙眬
五月为我备下的家园黯然
圣阿里克赛教堂，有母亲的亲近
雨中的萌惠
冬天留下的凌厉已经消失
春天的挽留温婉，也在内心易碎

我分散的悼词和祷词，都在雨中
那么密集，像对哀伤的致意
圣阿里克塞教堂留下心灵
一个远走的人的续接，雨声的击打

远处忽隐忽现的事物

2016 年 5 月 8 日

面　孔

你其实是开在海上的，在远处
叮嘱并让时光中的隐秘
若隐若现，水辽阔的让节拍那么缓慢
缓慢的像世间的忏悔，在回忆

雾的幕布像交易，又像玩笑
挣脱的核源，自物理定力的开始
海水是雾障，当目光被抚养，鼻子失聪
我亲爱的花的抉择，在海上失踪

2016 年 8 月 29 日

耐 心

稀疏的雨也是雨，秋雨
被踏出的划痕和还原
雨击打回家的人，这午后的量就减持
盛大的节日就只剩下，一个人

2016 年 8 月 30 日

尊重彼赛尔的回复

你回复了我，用了一个房子的建造
用了一只狗的嗅觉，再慢慢老

现在我要迈出世纪，讲给群山的间隔
微小的之差的分离，就是永久

2016 年 8 月 30 日

时间的雨

在雨中的，奥维利亚的玫瑰
替代了泥土和火焰，雨的覆盖
漫长，它要还给你足够的克制
时间也开始动摇，只剩下，毫
无表情的，雨的坚持

2016 年 8 月 30 日

旧邮筒

旧邮筒设定着，纸的温度
就像一个人的舞蹈，凌空
乌龟和飞鸟也是这样，好像
圣诞的麋鹿，也是这样
夏天的旧邮筒就是森林，河水
在林边，无声地流过
冬天的旧邮筒，就是等待火的柴
巴亚的目光，点燃了纸的玫瑰

对于我，旧邮筒已经垂暮
我走过它，走过秋天的挽歌

天空的云，正颠沛流离，它们的告别匆忙
像我的托付，紫苏的叶片飞于明暗

2016 年 8 月 30 日

推　动

雨纠正经纬街的亮度，抖落羽毛的水滴
伞被灌溉着，盛开也暗藏心事
是雨的改造，暂时的模样充盈
行走的速度，清新，像是尘世的刚刚出发

2016 年 8 月 31 日

荒诞的引子

或许这跨越的反差，就是变数
我一味地数着高处，波音式
尝试有时是还击，或被击中
我的马已经在奔跑，地平线摇摆不定

啊，平静是巨大的，包括合约
我解除人类的飞扬，暗示，新旧的海洋

2016 年 8 月 31 日

画中人

你的黄头发和白围裙，生长金黄的麦子
玛莎，湖水深邃，蓝得像天上的绝唱
这个世界的阻击，退还给飞远的箭镞
惊动垂下头，远处的白桦林像风雪
大地持续地光和影，寂静，在你的脸庞移过
卧伏的山脉，玛莎，这人间剩下的，都在

2016 年 8 月 31 日

长江之歌

从你的声音里，流出的长江翻卷着波浪
你的微微摆动像水中的鱼，有艺术的潜行
我突然想起洪湖水，水中的阔叶暗藏莲藕
湖水安抚半个长江，律动的高音穿过水长

那具体的长江真的无法浇灌，我的水成滴
连微小的部分也不是，长江之歌
但是水的源那么好，我忍不住回头张望
长江之歌，你经过了我的门前
喂养我的精神和感动，水那么大
长江之歌，原来多年的水系深系
水波在歌声中浩荡，我只是忽略了水的灵魂
还会有一万次的诞生，长江之歌

2016 年 5 月 25 日

骑者的草原

天空说不上低，却也草天相接了
那些细小的花，开在草丛中，像
我少年时睡梦中细碎的星
你呼啸着打马在草原上闪过
我偶尔的尾随，只是用风代替我
你看不见并穿过风，草原太辽阔

你看不见草原上的羊群那么白
我就是那只羊，低着头缓慢地向天边走
我好像站在了地平线上，离你那么远
我只是还拥有草原和开着的花朵
我站在天边的云中，你看不见
只有云在变化中留下，凌空的舞动

我说我就是草原的灵魂，游走的
我看见了剽悍，像火的神灵，遥远

金色的一线光芒，射中了地平线

2016 年 7 月 21 日

父　亲

当你的双腿几近僵直，父亲
我在时间中，落下这些苍白的文字
仿佛是下雪了，童年的雪，洁白
你在大雪中，走远，那些大路
留下一个硬汉的路途，比如在新疆

比如任何的一个地方，都留下过你的足迹
你的警觉，像忠实的猎犬，职业的
我们的家，时长缺少的人，你为
这个世界的苍茫所生，路的遥远

就是为送给你的远途，断绝的音讯
现在，当你不断地往返于，白色的病房
那些白色的药片，和滴进体内的液体
流动的，时间终于远了，白色的寂静
仿佛离覆盖越来越近，越来越简单的人生

在这时，我才会替你回忆，你曾经的英姿
在夜晚，你守护枕下的枪就像守护你的命
你的命就是保卫别人的安全，因此
我相信你永远不会老，你是铁，家是棉絮

这是我的，倔强的信念，种在心里的谎言
当你坐在轮椅上，坐看狭小的空间
当你在阳台上，喊我的名字，招手和我再见
父亲，我所有的文字，都如羽毛那么轻
如一滴水，掉在地下，就看不见
我走过你的阳台，和我说再见的阳台
你拱手相让的时间啊，还能有多长

2017 年 3 月 21 日

秋　日

白桦林一定是站在，有坡度的地方
葵花成熟了，阳光那么充足
田野上的虫鸣充足，它们叫秋天
果实落地的时候，和心底的忧无关

在河之上的苇，像雪的铺张
在午后的光线中，虚拟普度
世界安静的像撤离，这小小的关山
率先认领，再无方位地漫卷

2016 年 8 月 29 日

被放大的流水

兆麟公园的水，不再清澈的时候
秋天已经在这里走过百年
我站立的地方，山上的松枝有约
雪来时，还是绿着的模样

一百年的栏杆，被谁拂过
也像我一样，看微波荡漾的水
水歌消失在水底，覆盖的水

重复往事的辙，云低落下来
和水中的鱼交汇，让水中的花瓣四散
闻香，老木桥就靠拢过来
拱手西行的身影，隐形的脚步声

那米色的房屋，门被推开时
光阴就站着队回来，蝴蝶也回来的同时
我看见了你，流水已经在大雪下
在前世，你就已经站在这里，等我回答

2016 年 9 月 20 日

罗兰厅
——为立志而作兼悼念

立志，百合和白玫瑰簇拥你的时候
你已经让这个世界平定，事物降落
大地归于宁静，花开的芬芳，爱你的
赞美诗，和声，你的脸色苍白如雪

我走过你叫死亡的面前，知道这才是冬天的深
知道从此什么叫永不回答，永不再见
拒绝比山坚硬，声音音容的浮漂叫活着
罗兰厅只接受生后的死，一截烟的灭

我没有泪留给你，立志，白色太冷
我的眼泪已经冻结成冰，在心里已经不必拿出来
你将人生的门，关上，秋霜在高处聚集白
罗兰厅，把你视为秋天的落叶，收下
不再有树的慈悲，让你明年再回到树上，发芽

对于我，岩石大卧低垂，一把椅子
在天空下空荡荡，风吹着空旷的田野
风吹着米拉尔的爱之上。你不再应和美
万种风情，于九月的桂花树，做山脉的秋光
这一世你已经走过，凭借言辞，调子的俏皮

可关山还在示范长久，人间已经太老
老的只剩下人间的刺，孤独的站台
永无踪影的壳，你原谅了这人世的一切

罗兰厅的门就要关上，是我要离开你

2016 年 9 月 22 日

最小的相遇与道别

透过宽大的候机厅玻璃
我看见带翅膀的飞机，在等候时间的点位
人群会鱼贯而行，你也是，手机上的球场
有众人欢呼，这世界上的道别随时发生
跨入界限，就是另一片天空

我不借用何尝不是，被收藏的生命叫收藏
我知道越来越短的光速和光束。假如一回头
你就站在了时间之外，红色不再燃烧
挥动的手臂在一片羽毛中，拒绝逻辑
我看见了烟尘属于飞翔，时代
在蓝天上劲旅，像在我的屋脊不离

万物之上，我只看见山巅上的一棵草
有洪钟大吕的效应，有反射的绿茵

2016 年 9 月 28 日

紫色的秋

九月即将关闭，金菊会染黄麦香
长空万里，蓝，毫无倦意并且绅士

大地相信了我的孤独，我也相信
我的后面佳音的远，向时间挑战
那么多复杂的声音，在九月的尾部
再来时，我就是秋日里的旧人

天高地阔，孑然迂回的，秋天
紫色的部落，加一点时间的糖
作为秋日的副本，或者重复，交换
的悲剧，并的步步为营。紫

2016 年 9 月 30 日

大地相信了我的孤独

金菊也许会染黄麦香
长空万里，毫无倦意并且广阔
我也进入麦子，天空下的群体
或作为物质的形象，沉默

这天地间的纬度和温度，蓄满单
一的回答，九月，迷人的证明
离我那么近，麦秸的发丝，多像
我的千丝万缕，在心里种植下的，远处的
麦垛，像金色的部落，秋天就会
暂时地存在，我视为金色的丢失
为这个秋天里，逃跑的马车

2016 年 9 月 30 日

自言自语的石头

舍弃的，水的坟墓就诞生了光年
这个世界的反转的驯服，让
墓园的圣歌，赞美石头的柔软

黄昏就要来临，想念水，蜜的加
冕，苏黎世的爱，单纯的木椅
但是，这一生的石头之孤
就要成为新奇，成为被遗忘之最

2016 年 11 月 6 日

那么晚的所见

落叶，秋水长天，验证新的倾力
普遍的意义，就要在简单的场
收官。剩下一个人的云烟和，戏剧的
奖赏，声音的云，迟到的效应论

2016 年 11 月 6 日

故乡之忆

松针林包裹的教堂
习性的，想念，钟声的教堂

尼古拉的顿悟，来自上帝的救赎
红色的天竺葵，绚烂夺目，现在
这个世界上最好的阅示，返回的路
另一条路的祷词，加深这个下午的尊重

深秋，有无数经年已经消逝
哈尔顿荒凉可贵，河水干枯
教堂的路延伸到，石头以外的落英
我天空中的星辰，亮着的是哪一颗

2016 年 11 月 13 日

无　题

荒芜的花园，来自突兀的表达
大雪肃穆，预感的碑文
我将永不再来，永不再来
当我活着，从没想谛听清晰的赞美
我知道没有赋予的意义，就像死亡

2016 年 11 月 13 日

这埋着秋叶的雪就是最后的辞别

是这样，雪中偶尔出现的秋叶
醒目，挽歌一样，为雪打破
绝望的涯，做最后纯粹的告别

我其实看到母亲的身影，哥哥的身影
我不怕大雪的苍白，不怕白菊和丢失
天空和落叶暗下来，言辞暗下来
在葵花逃离的十一月，追加苍凉

2016 年 11 月 13 日

途 经

我走过灯盏的揭示，我不望月
夜色下的植物细碎的黑，但不是反诘
我是我的，群山深陷其中，树木奔跑起来
我只是途经这里，连哲学都道听途说
好的四月归还花朵，好的江山就归还
炊烟，和云一样虚无，再往前走必是大陆归还

2016 年 11 月 16 日

大 雪

如果在夏天，这个时候该称作晚霞
现在华灯和大雪辉映，大雪是傍晚的主客
它那么骄傲，不为车声所动
不为大地的寒冷，动一下眉梢

绵厚的雪铺过霓虹桥，从灯下移动的人
他们突然从消失的年代，回来
伊万和玛莎打着伞，依偎着时间的糖
从我面前的桥上走过，灯火
照耀年代，他乡人的粉红
扑落在雪上，玫瑰的雪撒落年代的夜晚

我像是被丢失的人，被遗忘在雪中的人
孤独地丢掉雪和灵魂的人，借着
雪的光辉，和一些人叙谈。在霓虹桥
我和散落的人一样，再次游走
红色的有轨电车，缓慢地碾过有坡度的雪
这一生的雪，玛莎和伊万的雪，不会再回来的雪

2016 年 11 月 20 日

事　物

有风度的镜子，照射，我们等同
的命运都是归于会归于泥土
留下的世人新鲜，枝繁叶茂。他们
推动江河浩荡，再次闪耀青草之光
记录荒诞，也记录真实，解析
包裹在橘子中的谎言，事物的本真

2016 年 11 月 20 日

大　路

蜿蜒在苍穹下的路，我年轻时候的路
多像上帝奉献给我的礼物
我像个英雄，从拥有的小路出发
我行走着的时候，仿佛大路就在前方
红日落在尽头，诱惑的引子，阿尔勒的向日葵

现在，我的溪水安静，远山的致敬那么远
我的大路的尽头，　坟冢上的青草，像被
夜色染黑，我从不避讳走近那里，那是我
终将要去的地方，到那时，时间久远
的长眠来临，万物被关闭在寂静之外

2016 年 11 月 26 日

崇　高

我逃离盛璐亚金色的河流时，河水是呜咽的
青松林分布在山谷，大地的名字叫崇高
细数奇异，潮汐意气风发，在风中散落
胭脂花有生命的节奏，遗落的高贵

当星辰将晨雪唤醒，讽刺的蒺藜爬满余下的时日

2016 年 11 月 26 日

雪 路

雪路唤醒这个世界的清醒，并将世界缩小
这里不是世界的边界，也不是中心，灯火
泼洒得有些缩手缩脚
世界的梦，雪正代替完成

夜色中的寒气，像忽闪过的亮剑，路上的人
拉长这个城市的距离，较量力度，窗口的
白玫瑰深陷雪的诱惑，甚至真假难分
我只看见了雪的蠕动的颂词，在白色的珊瑚上分布

2016 年 11 月 26 日

暮雪中黑色的兔子

上帝失误的时候，将它放逐在这里
让雪地趋于单调的耐心，扩大沃野的弹跳
我热爱的雪的温度，带着生命的捍卫
黑色的，彻底的低语和神秘，天空与
大地的对比，夏加尔也错过了良机

暮园怀念的契合，广阔的对接，让灵魂
精心粉刷又小心翼翼，十一月我已经
饱含深情，才使天使降临，才让无声的大雪
带动时光中的草，劲歌，黑与白的散漫效应

2016 年 11 月 27 日

有雪的故乡

大雪来时，数不清的寒冷来了
北方总是过于实在的抛洒落雪
对于冬天的忠诚从不食言
街上的人他们同样顺从于冬天的命运
他们将灵魂裹紧只炫耀色彩的羽毛
他们将低泣挣扎向往的温暖
覆盖在冰雪之下只让雪的赞歌，高调
随风力旋转，夹杂着试图的摧毁

摔在面颊上的风雪有时像刀割
但是没有刀割的雪和冬天还算什么凛冽
冬天的气概就是踩着嘎吱嘎吱的雪
和这个季节不离不弃也不迷失
就是看弥漫的前世回来送你新的发现
山河还是山河但烟波别样浩渺一线

这个世界突然的擦拭只剩下宁静
如果没有雪的故乡，如何称得上壮阔

2014 年 12 月 1 日

夜

培育回落，最好的终止，不说赞扬
言传的森林隐匿姓氏，蒂落无声
不尽的落幕不可胜数，暗叹的雪被遮蔽
凉和黑通力合作，存在的缺乏
断续的萧然和分离，换作远

2014 年 10 月 23 日

秋天的桂花树正修饰悲凉

桂花树上的桂花，已经在八月开过
现在枝叶仍然葱茏，你来时雨漫漫
镜中的气象过了今生，秋太深了
我没有种下，就无法收割，栖息的
离席，势必有单调的溢美，小小的秋
也知道秋天的深，迈动，有过多么凉

2014 年 10 月 17 日

舞者的独白

只有你能戳穿谎言有计可施
也不完全是，如果我只是等待一个
漫不经心的，在一个途经的地方留下的
其实和我没有任何关系，虚伪的也许是安慰

我没有过多的决定，散漫的慢板我懂
台上的舞者你的灵魂，甚至比我还深不见底
舞姿为我所知，或全然的分离
不是走投无路才起舞，才让江山被唤醒

我从来不预知命运，午后的提升
我异数的注解在前生，就瓦解就云开雾散
舞者我从来不把你归为我的，没有才会流浪
才会奔到今生做盛世版图，做水中的水

你好好想过吗，我的一马平川
我的花开着，但无名无香无色
这是最正确的贫乏，一无所知
我舞着，血液就运送到江河流走

舞者，失聪是因为我没有举起的手势
我阻断过各种语言的入侵，果断的

像拦截风和河流，让高山变为平地
让云播下种子，在大地上生长

在秋天，我的草儿生长的速度我看见了
我看见了，我的锄头在除草
我从不掩藏我的心，看见又有何妨
我从不预测我的未知，远离的
原因在于，一切都在事物之外

2014 年 8 月 17 日

圣阿列克谢耶夫教堂的午后

泅渡的沉默，是隐约的闪现
疏落的惊诧散开，和鸽群一起飞动
赞美之词，从窗棂溢出穿越，灵魂的孤岛
圣阿列克谢耶夫的取舍，让语言安静
心灵的硕果，低过天空的云
低过天空下，随风荡漾的青草的味道

一个人爱上这个世界，就像等待石头开花
等待伤痕更深刻，在心上的烙印更重
圣阿列克谢耶夫教堂，它的午后
尊重一个人内心的离索，和对她的宽恕
尊重平庸，底色的颠覆包括迟疑
一个人爱这个世界的，各种契约和速度

2014 年 8 月 15 日

纸介的信

美好的事物
尖端的云泥以秒计算
词语在空中横跃让笔墨流离
在年景中做着作别

七月十日的信，墨香浸渍
笔锋刺破青绿，仿佛他乡大野
破门而入在夏天越歌
洗劫浮尘百味，沉落的线绒

一只羽毛有浩大的声势
丛山峻岭引领万缕不尽
飞，区分众鸟的姿态
这个夏天的铺张，强盛深省

2013 年 7 月 13 日

六月九日长白山天池的雪

这个世界上的六月，湖的深情
它覆盖的寂静，银色的雪地呼吸
使夏天在这里失意，忠实于六月的交换
它避开夏天的瑕疵，孤独于世外
它不需要醒世的香和明亮，甚至深邃
它将六月抱紧，一世的寒凉不弃
真正的徘徊缺失，却不惊
独享来自天外的声音

六月，不要惊醒光和时间之外的存在
它只是让一个个虚假的面具，拿开
不创造也不做世纪的纪念
好像永恒的平衡，从静止于静

2013 年 6 月 20 日

初识梨花

四月，大片的梨花开放
白色的静，高处的雅

虚幻和苍白，宁静和打开
现在我要剥开陈年的老茧
树下曾经的等待，日子向前我
向后，向逆流的水伤，黯然

现在，只有唯一的梨花
让我安静而从容，解开心结
接受素洁和高雅，平静的白
一览无余的白，轻盈，好像彻底的无
回到开始和最初，四月
让我想起雪，和藏在心底的
我不能说出的白

2012 年 4 月 28 日

清明词
——悼念哥哥

这时我即使刚刚从南方返回
身披春天的深情
回到北方，北方不是挣脱春色
而是肃杀和石头友好
扩容沉，冰河下的碑文

春天总是深入骨髓
梨花的落英在他乡的殇
清明的虚幻流浪着
山那边的黎明

山河锦绣，南方的山已经
郁郁葱葱，哪里美好哥哥就在哪里
遥望也行，风吹白了头发
你还要到哪里走走
清明加冕的事物清晰
备好的酒，独处孤魂

现在天空有云，却蓝得那么空
天堂的窗子打开时
就会雨纷纷
我不会用肝肠寸断，等你喊我的

名字，不会用叹息等待你喊我
回家。神性的词行走着
我们都会看到和听到永恒
尽管也许，来自另外一个世界

2013 年 3 月 30 日

铁路街的薇拉

薇拉在一座院子里种植的樱桃树结果时
那个女孩将手伸进白色的栅栏
换回鲜艳欲滴的红樱桃
薇拉的花围巾上也有红樱桃
叶子翠绿像极了薇拉的青春
只是那个女孩还小她望着院子中
低矮的白房子神秘的诱惑带着忧伤
直指另一个国家的黄昏

薇拉的祖国有雪有寒冷的西伯利亚
那些尖顶的教堂也有钟声响过的寂静
那个女孩的故乡也有雪有尖顶的教堂
后来她如此崇尚薇拉国家的文字
那些安静细密的水在顿河流淌
比樱桃树的流程甜蜜和幸运

隔着一条有轨电车道
也能看见薇拉的院子
但是薇拉的花头巾和那座院子
以及院子里的白房子是在哪一天倏然消失
新建的楼房惊动记忆的伤
樱桃树的薇拉越来越深，那些岁月的哀悼

那个女孩后来写诗　她写从前果子掉落的光芒
写藏在心里的肃穆和不再回来的神圣

后来的红樱桃反复地的出现都送着逝去
后来的白色栅栏都虚像众生
关不住那些年薇拉的樱桃林

2013 年 3 月 17 日

西大直街

火车震动窗子的时候不分昼夜
窗子临桥　铁轨雪亮将远去的火车拧弯
火车的轰鸣深入骨头在秋天会横扫落叶
那时的一个不懂江山的女孩会蹲在
刷着绿色油漆的铁桥上
看火车穿过飞云蓄满力量的强大
看铁轨擦过的尾声一点点的消失
那个世界的幻想从来没有丢弃过仰止
那是有家的地方一条大路东西贯通
目光向东向远就会看见尼古拉教堂的尖顶

冬天也会收紧米色的楼房
屋中的人会将劈好的木材投到炉火中
火瞬间升腾　让屋中更加温暖
红色的宽大地板映射着光泽和明亮
那些修建这座楼房的人
早已经返回到异国他乡

他们种植了一个个叫家的地方
留下有灯火的窗口挂满印迹
给时代看　给这个世界看
给曾经在这里生活过的人

妙不可言的灵魂　隔着岁月
想念岁月　想念火车轰鸣时
穿过风中的　又一次回家

2013 年 3 月 17 日

传达冬天的艾玛

艾玛，沙岸上的依米花迅速消逝
它的话语留在非洲，短暂却艳丽
艾玛，你的耳朵生在哪里
飞跃紫色的海，在瞬间获取和声

天空的蓝多么开阔，任意施展冥想
依米花也在其中，金黄的沙子已经散开
沙子的音符碎裂，松果河那么安然
向远，它不在冬天之内

和世界的向远，艾玛你在冬天的内部
丢失的耳朵，心，清澈的眼神融在雪中
戏剧的效果，即使依米花呼吸过清晨
明暗的事物，冬天的田野在暮色中隐退

2013 年 11 月 25 日

剩下的内心

它是你唯一的，自由度有哲学的枯
燥，带着毛边
此生的常青，煞有介事的光临如浮梦
诞生却再见或飞远

2013 年 11 月 24 日

远方的雪

重复的阳光三叠，像古老的生计
敬重也会失重，芦苇超越雪的招摇
雪啊，也是一些雪的告示
局限的，一只花瓶就垄断了它

还会有额外的白吗，比如穷乡僻壤
灯火从不照那里
只有这里的完整，像十一月的心
像从来就没有人写过的，诗行

2013 年 11 月 24 日

秋天诗笺

你奢侈的时间是我的遗失
你青翠的枝头昂扬天蓝地阔
急促的音符横扫攀越斑驳锈蚀的老船
在任意的时间滚动，这年轻的世界年轻
高绾鬓发，飘逸，在你的面前从不换装
孩子，我是秋风中的悲悯大歌
除了喑哑的落叶，山石不再跌宕

万物归属的大地，隐藏明落
雪山下的湖面平静，没有惊鸿
孩子，我所有的不安，都为这平静的交融
其实，你听雷声滚动暴雨飘泼
万物有那么多的夭折和啜泣

这只是世间的花，打开各异的姿态
厮杀你的灵魂，跨过嶙峋
低的更远，一个人抵挡风来时
的肆虐雪来时的寒冷。

2013 年 9 月 29 日

为开宇的挽歌

在长白山返回的路上
路两旁的丛林渲染着秋色
飘落的落叶，堆积
远处的秋草枯黄，有跳跃的火红

秋天，透过氤氲好像在等待雪
等待多年没有的消息
我只是说我无法挽留，那些飘落的叶片
就像开宇在中秋节，刚刚过去的那一天
成为一片飘落的叶子，永远不再回到秋天

秋天，簇拥着开宇的玫瑰那么惊艳
玫瑰的香，刺痛
开宇的羊群，被上帝放逐的遥远
她要向天边走，和云一样的羊群
一起融入地平线

2013 年 9 月 24 日

我还没有对你说就老了

哎，那个人
他瞭望的大地或山川
穿过午后的黄昏向北

火红的节日深情，夹杂着奔腾
哎那个人，在秋天落叶还没来临
微小平庸的消息，附在裙摆
河边一只摇摆的鹅，生动，成为我的朋友

哎，那个人，我为什么不能说，高处的词语
落地会生花，秋天那么凝重，绿色的长椅
落寞
哎，那个人，教堂的钟声响过
你是谁？不肯将你的姓氏留下
让这个恬静荒芜的秋天，来自命运

哎，那个人，那个人，在这个秋天
我还没说就老了
那些空着的站台，也许不再是我的途经

2013 年 9 月 11 日

草浪的旋律

波动的旋律，草浪的
彼此敬意
大地和波光
神性地存在，精灵的

我愿意就这样聆听一致的静
虫鸣正穿过旷野，拨动大地的归一

2013 年 8 月 25 日

教堂街

阿列克塞教堂的，晚的弥撒
午后的钟声，两点钟的净洁
天空，云朵和云朵恬淡
绿色的屋顶，丁香的香
光阴纤细像一个人
走在旧时光

教堂街，窗子中曾有金发闪过
琴声穿过宽大的窗幔，和月光碎
成一地银色

阿列克赛教堂的夜晚，流浪
异乡的母亲，三角巾蔚蓝
她大地的种子，被风吹得那么远
遥远的

阿列克赛成荫的树
庇护，阳光
制造虚幻奇异，柔软的秘境
一些店面，隐在时光之后的房屋
独享凡俗，做风吹不动的，风骨

这里的教堂街，从不接受丰沛
陈年的赫然
它只顺祥其成，年年让人怦然心动
教堂街从不粗枝大叶，却留茵隐香
就像现在，年年地
钟声，只为回来的人

2013 年 7 月 10 日

没有你们的夏天

夏天越来越远
却没有你们的呼吸
你们跟踪流星划向虚无
透过雨滴的玻璃
你们的容颜仍然清晰

夏天，江边的水鸟成群
白色的翅膀
和江水连成一线的苍茫
坐在江边，我又想起你们

人群鱼贯的涌动，你们在
高远的地方
幸福地寒霜

好时光被我一个人这样的挥霍
我那么歉意和心疼不能原谅自己
我恳求你们回来
我把那块耕地种在心上
没有你们的地一个人的地
那么荒凉

江水依旧向东决绝地
没有你们的夏天，连
鸟鸣都是那么哀伤

2013 年 7 月 8 日

交 谈

我听见一些交谈邂逅相遇的交谈
其实他们紧邻且贴近　在这个夏天
要实施心旷神怡的会晤毕竟依恋会截止
有各奔东西的苍凉推出秋天的仪式

我为什么要羡慕那些树我叫不出名字的树
我见过的白桦树柞树两叶针的松树
在平山和长白山它们旁若无人的存在
它们使山有了语言画面和立体的节奏
伸展的枝干茂密的叶片那么无畏
我听见了它们的交谈和我的交谈那一天的交谈
它们只代表山的语言　灵魂的片语
那个有阳光的山坡　有声有色

再过一百年我已经听不见交谈
全部的　我见过和叫不出名字的树
它们仍然绅士彬彬有礼的活着
在这样的夏天它们不起伏也不躁动
它们放弃遗失收揽平静
像兄弟和漫山的诗句收留或湮没
曾经走过这里的人

2013 年 7 月 7 日

那在远处的就是曾经的火焰

不为什么就将水到渠成分割
麦子尖叫着顺服地倒下
秋天的术语冷漠
所要表达的都被
每一片飞落的叶子带走
行走中的被忽视的铁
秋天包揽了勇敢
那在远处的就是曾经的火焰

2013 年 5 月 17 日

桃花开

每一处灿烂都归为女儿红
冒失的桃花迟来　来了就奔走于江岸
劈头取悦春色
先前的病入膏肓不堪一击
江水丰厚容博大也容逝去的溃败
桃花目空一切急急地来
改变也是倏然尽管称之为短促
桃花流水从不计失
宾至如归也空留一江春水

合适宜就违背生
万马奔腾的尽裂
那一瓣一瓣的落不包括长吁短叹
不包括那一年走失的声音不再回来

2013 年 5 月 8 日

荻港村清晨的时光

南方的温度修补明亮的气质
春天咅薈着温暖和打开花蕊的声音
我被鸟和植被的氧分唤醒
清晨的街巷那个从我面前走过的人
像我失散多年的亲人

出售晨光的菜场抖擞着嗓音
笋尖叫着白嫩的肤色养育江南
无需听懂由苕溪分割的音色
江南江北都是被我紧捂于心的兄弟

船只缓慢的驶过苕溪
岸边的人家浮尘沧桑
金色在水上粼粼着散开
即使江山永驻仍有一个人的忧伤

遇见也是幸运江南宽恕了我的冷静
我的北方的寒凉还没有庄家的大地
我受惠于南方灵动的血脉
荻港村细密交织的温和
苕溪流淌的孤独　加重的厚度
让我的北方寒冷的坚持
在南方的某个早晨归于荻港村和苕溪

温暖在这里有了深度

2013 年 4 月 23 日

终将怀念的

现在人们和我都终将感谢语言的存在
风吹过天空的云隐在更远的云后
远处孤单的树永远在远处
朦胧恍惚它的模样就是心中的事物

2013 年 4 月 8 日

路经夜色中的伊维尔教堂

曙色退去，寂静的暗
漂泊和献媚隐去，剩下最后的洁净
诱惑的无法表达的
存在着
钟声，尼维尔教堂
疏落，像夜色中的点点心事

今夜，春天的雪依旧静卧这里
灯火消耗着明亮
从这里走过的人，放下纠结和
多年的心事，充当世外的使者

今夜，有谁会和我一样
放弃多年没有寄出的凤愿
和这个世界做
最神圣亲密的接触

2013 年 3 月 2 日

我在紫苜蓿上寻找过苹果

我至此安静在春天的确认中
请不要用逃脱束缚沙粒
沙丘像荒冢
植物的孤独靠近

远处的胃销蚀过粮食
也暗藏过决绝的波浪
博尔赫斯的《虚构集》
花园就此在春天的空气中

凋敝
我在紫苜蓿上寻找过苹果
迷惑的甚至金色的果实
手中的河水正不息的流过

2013 年 2 月 16 日

无　界

这个冬天的无界让绳索滑落山涧
散落的星星草
将春天的影子一再缩小
手中滑落的画笔
繁华遗尽
它曾蓬勃攀援过细节

简单的锐利
雪进入缝隙
村庄喟叹着，田埂
裸露的土地像旧时的疤痕

谜团多像一尾尾脱离的鱼
在石头上撒下种子
领略旷世的收成

2013 年 1 月 11 日

舞　者

每一次都有风离弦
那一日在风中舞
足尖只是清月落湖
每一次都不陌生

抛高的曲线
吟唱是弦拉长的味绵
舍弃的都会归还
或是去吧去吧
那么简洁有力
流动的已经翻转出雄厚的现实

我的血肉哪去了
那些分担将春天掏空
甚至连回忆也没留下
孤独的绽放只在舞台的一角
台上的舞者　发现了我的秘密
他敲开了我的梦之门

逝　去

向后的江河无逆转的痕迹
天空有雨云低的暧昧
再远就是无限水天相连
甩在后面的车辆在漫步
点状的蠕动突然地失声
没有人能听得见

改变就能开垦万亩良田
终结者总是一马当先
有人路经额尔齐斯河
压低的水位奔涌
被摈弃的两岸沉默
夏天鬓旁的花瓣　致敬的速度优美

诡异的丰沛晃动
提前出击的顽疾让切割开始
一些房屋纹丝不动
只让洞穿就位
流经的波澜壮阔
暮色裸露着柔软　封存
暗下来暗下来

最近的距离

音乐重复着演奏
修剪着流水的时间
没有信差敲响的门　默然
叶子落地　遗失的樱桃树远走他乡

远走的人　低矮的栅栏
做短暂的停留
折射细碎的各异

相依的命　有青草的简单
而现在　我要坐在上午的阳光下
等待熟悉的门
慢慢地
打开光阴

2012 年 4 月 3 日

纸介的信

耳濡目染美好的事物很多
尖端的云泥以秒计算
词语在空中横跃让笔墨流离
在年景中做着作别

七月十日的信　墨香浸渍
笔锋刺破青绿仿佛他乡大野
破门而入在夏天越歌
洗劫浮尘百味沉落的线绒

一只羽毛有浩大的声势
丛山峻岭引领万缕不尽
飞　区分众鸟的姿态
这个夏天的铺张强盛　深省

2013 年 7 月 13 日

初 冬

冬并不凝重，雪和雨都贯通着生产
肯定着北方的冬天，开始混淆于南方
我见到的初冬的眼神温和，敞开却有
游荡和摇摆，出现在不染江山的地方

我尊崇凛冽的分明，白和落下安静的旷远
高飞的鸟也落下觅食
树丫托举着雪的囤形，世界有多远
存不存在都无关紧要，听雪的声音静成天籁

我的属性开始属雪，不解释两个季节的
边缘
冬天永远宽恕我的自我，并为我内心注入内容
大雪在每一年都更令诗歌肥美，壁炉里
火焰更旺
来吧，吉雅也在翘望，尽管不会生根
因为总要痛失
来或去，怀念和爱

2012 年 11 月 14 日

秀子的向日葵

你的椅子不说话你也不说话
你眼中的葵花金黄低落，就像这十一月
昏暗的天空，雪在酝酿

向日葵的锌黄
六朵的或是更多的散落
在你的眼中翻动着旧日的
吞没，消逝的蒙马特
你的向日葵，这时候可以让时间停顿
你植入葵花的哀，也翻捡出一起晾晒

想象闪电下的金黄多么灿烂
那些即使易碎的光多么灿烂
我把衰败的向日葵，设为时钟设为永远
尼维尔尖顶教堂的钟声就悠扬

你的向日葵的承诺，遗弃的幸福
在这个下午的外部世界
让我们看到燃烧过的火焰

2012 年 11 月 16 日

风雪的故乡

故乡之魂的雪
凛冽地接近
冰冻的诞生
鱼的冰下的水，江上的人
穿越风雪

拯救的力量
炉火，把风雪分割成另一种表达

兄弟，这时举起的酒
弥漫着
豪情，加厚的醇度
雪来时，温暖的绵长

大雪从来不包括预言
就有永久和纪念
即使奇迹还十分遥远
故乡之痛
成为江山的气魄，无羁的景象

2013 年 1 月 7

在初春怀念大雪

我的雪走失于冬天，使这个冬天
缺失了活力
当那些雪在异国他乡增添着
厚度
我的冬天的灵魂空空荡荡
大雪的迷失，遥远的

偏离的雪的宣泄
风暴的衬托
这个没有雪融化的春天
灰色的
虚构
在春天变得卑微

丢失的，那些依依不舍的
水滴的声音
润泽的不存在
灌溉，当四月的田野只有风
抚摸着大地的伤痛

2012 年 1 月 6 日

伊维尔教堂的落雪

这个时候的沉静向远，关乎
我的想象
伊维尔教堂落满故乡的雪
第一只鸟儿落下，雪就有了情怀

教堂的钟声响起时，总有
更多的人出现
天空和雪一样纯净
那么多人的名字落下来
和鸟儿一起飞动

风吹起雪的覆盖
伊维尔将故乡留在异地
在那个有些寒冷的下午
祷词集结在一起温暖
有繁枝叶茂的响动
在雪中漫延

彼岸的宝格丽

宝格丽，当衡量的界限越来越低
世界是超前的，我的祖国同样大好
雪中的中央大街，人群升腾
好像雪涛的鱼群，交换走过的辙痕

宝格丽的香，源于异国的起始
它将迷人的晨光运往陶醉
生动的遐想，恩惠的魅
喂养芳香

那里也有彼岸白昼音乐的富足
仿佛袅袅的飞来，让魂魄的香气不断
在这个素雅的季节，一点点就足够

冬日的大雪来吧
江山和微许的附着，同样推动灵魂
玫瑰，只有雪会让它艳丽
宝格丽，有你，我冬日的香
才还原的一切都在
我说意大利，意大利的宝格丽
粉饰过邮差
有诗意，也有马匹在大雪时奔来
宝格丽，带着

十一月的花和香
让大雪更白，万物无声却更加明亮

2012 年 11 月 18 日

我称你为远在他乡

你把天空和云都拉成外省
将十一月的大雪遗弃

你在你称为故乡的城市构建树木
使它开花结果
使你身后的园田，昌盛
柠檬树，多汁多叶的硕果

我称那里为殷实的现实
树与果实的和解
大片的有些神奇的音符的和弦
柴可夫斯基的
四只天鹅洁白，柔美的光芒
天涯的柠檬

当我离开
日子的新转换成那时，我在
故乡呼吸大雪
命运之树的味道，光和停顿
千山万水，也惠顾衰落和记忆

你已经离开了那里，带着鹅黄的芒
在那些五光十色的果子中

哪一个是你
写下诗篇的那一个
就像我与你擦肩而过的，那一个

2012 年 11 月 29 日

低　逝

你看看你看看那些深陷的种子
充满期待好像光芒的神
就一点点水一点点
在阳光下就会跃为琥珀色

那一点点水也咸也略显慌张
在大地留下不幸和最冷酷的油彩
还代替过许多人　　哭泣
月色真好楼房暗淡隐去记忆

啊　即使树叶疯长越来越绿
即使云低垂赶美入画
即使有人唱过寓言并从寓言中逃离
夹竹桃蒙昧的火在虚幻之中来过
忧伤缓慢的漂过海面
在故乡的异乡安放惩罚

2013 年 3 月 16 日

草地上的音乐

一个人的音乐是苍白的
它不会迎合好天气
将紫色的花种植在青草之上
她有足够的耐心等或者是你

雨飘过草尖逃亡
乐曲颠覆了夏天的持续
高过草的音符翻腾
代言者拒绝释然的和颜悦色
跳过一棵草又一棵草
留下互不相识的哀伤

2013 年 5 月 17 日

白

招摇的芦花
白
像极了薄翼，改造的幻想

物质之外的白
还没到来的，十二月的雪
这个世界被千锤
百炼的时候，我也是
但有时世外的完好
也会让我毫无顾忌的走进去

2013 年 10 月 23 日

三月雪我的凉深入骨头

燕子还没飞回，冰川也没相互碰撞
春天遵循着失踪，只做日历上的阐述
那么多形式的祭奠
平静的和死亡窜供，我的鸟群还在南方飞
它们活着高于我的洞察
日月的江河

三月雪，我不会因此而说是节外生枝
春天的速度坚定
神圣的皈依，骨头
还没出现的游走
包裹着这个春天的痛楚和玄学

2014 年 3 月 17 日